*10 Mars 1913*

## VENTE

**du Lundi 10 Mars 1913**

HOTEL DROUOT, SALLE N° 11

A 2 HEURES

SUCCESSION DE MONSIEUR T...

# Objets d'Art & d'Ameublement

## ANCIENS & MODERNES

## TABLEAUX = ESTAMPES

### TAPISSERIE - TAPIS

COMMISSAIRES-PRISEURS :

Mes A. LANTIEZ & René LYON

EXPERTS :

MM. PAULME & B. LASQUIN Fils

IMPRIMERIE          ARTISTIQUE
C. CHAUFOUR
PARIS

# CATALOGUE

DES

# OBJETS D'ART & D'AMEUBLEMENT

## Anciens et Modernes

# TABLEAUX - ESTAMPES

## Bronzes d'Ameublement

Pendules, Cartels des Époques Louis XV, Louis XVI
Lustres, Candélabres, Lampes, Appliques

# MEUBLES ET SIÈGES

Buffet, Tables, Bureaux, Commodes
Chaises, Fauteuils

# TAPISSERIE - TAPIS D'ORIENT

## OBJETS VARIÉS

Dont la vente par suite du **Décès de Monsieur T*****

*En vertu d'Ordonnance, à la requête de M. MÉNAGE, Administrateur judiciaire*

AURA LIEU

# HOTEL DROUOT — SALLE N° 11

## Le Lundi 10 Mars 1913

A 2 HEURES

---

COMMISSAIRES-PRISEURS

| Mᶜ A. LANTIEZ | Mᶜ René LYON |
|---|---|
| *7, Rue de Provence, 7* | *29, Rue Le Peletier, 29* |

EXPERTS

## MM. PAULME et B. LASQUIN Fils

*10, Rue Chauchat — 11, Rue Grange-Batelière*

## PARIS

CHEZ LESQUELS SE DISTRIBUE LE PRÉSENT CATALOGUE

---

## EXPOSITION PUBLIQUE

**Le Dimanche 9 Mars 1913, Salle N° 11, de 1 h. 1/2 à 6 heures**

## CONDITIONS DE LA VENTE

Elle sera faite au comptant.

Les acquéreurs payeront *dix pour cent* en sus des enchères.

L'exposition mettant le public à même de se rendre compte de l'état des objets, il ne sera admis aucune réclamation une fois l'adjudication prononcée.

# DÉSIGNATION

## ESTAMPES

### ANCIENNES ET MODERNES

#### BOILLY (D'après)

1 — On nous voit!

Gravure en noir gravée par Petit. Encadrée.

#### FRAGONARD (D'après)

2 — Les Pétards et les Jets d'eau.

Deux gravures en noir par Auvray. Encadrées.

#### HODGES (D'après W.-P.)

3 — The chase of the Roebuck. — The death of the Roebuck.

Deux estampes anglaises en couleurs, se faisant pendants. Gravées par Alken et R.-G. Reeve. Encadrées.

#### LIVESAY (D'après)

4 — Young Cottagers. — Young Foresters.

Deux estampes anglaises se faisant pendants. Gravées par J. Daniel et Murphy. Marge. Encadrées.

## MORLAND (D'après)

5 — The Woodcutter.

Estampe ancienne anglaise gravée par WARD. Marge. Encadrée.

## PORTER (D'après)

6 — England. — Scotland. — Ireland. — Wales.

Suite de quatre gravures en couleurs par BARNARD. Marge. Encadrées.

## REYNOLDS (D'après)

7 — Robinetta.

Estampe ancienne anglaise par JONES, imprimée en couleurs. Marge. Encadrée.

## RUSSELL (D'après)

8 — The Adge of Bliss.

Gravure anglaise gravée par SCOTT.

## WARD (D'après J.)

9 — The Cottager's favorite.

Gravure anglaise ancienne en couleur par W. REYNOLDS. Marge. Encadrée.

## WARD (Publiée chez)

10 — A cottager returnd from Market.

Gravure anglaise ancienne en couleurs. Marge. Encadrée.

# TABLEAUX, DESSINS, GOUACHES

## ÉCOLE FRANÇAISE XVIII<sup>e</sup> SIÈCLE

11 — Vue d'un château.

> Dessin aquarellé.
> Cadre époque Louis XVI en bois sculpté doré.

## ÉCOLE FRANÇAISE XVIII<sup>e</sup> SIÈCLE

12 — Portrait de jeune femme en buste tenant une corbeille de fleurs.

> Toile.

## ÉCOLE FRANÇAISE XVIII<sup>e</sup> SIÈCLE

13 — Vénus chez Vulcain.

> Toile.

## ÉCOLE FRANÇAISE

### COMMENCEMENT DU XIX<sup>e</sup> SIÈCLE

14 — Jeune fille écrivant une lettre. — Portrait d'une mère et de ses deux enfants.

> Deux pendants. Panneaux.

## ÉCOLE FRANÇAISE

### ÉPOQUE EMPIRE

15 — Réunion de personnages dans un intérieur.

> Dessin au lavis.
> Cadre époque Louis XVI en bois sculpté doré.

## ECOLE FRANÇAISE

16 — Portrait de femme en buste tenant des fleurs.

> Toile ovale.
> Cadre ancien en bois sculpté doré.

## ECOLE FRANÇAISE

17 — Portrait de femme à mi-jambes tenant une fleur.

> Dessin ovale au lavis.

## FICHEL (E.)

18 — Les Amateurs de peinture.

> Panneau signé et daté 1884.

## SERGENT (Attribué à)

19 — Il est trop tard.

> Gouache.
> Cadre ancien en bois sculpté.

## THIESSON

20 — Paysage. Effet du matin.

> Toile.

# BRONZES D'AMEUBLEMENT

## PENDULES — CARTELS

### APPAREILS D'ÉCLAIRAGE, LUSTRES, etc.

### OBJETS VARIÉS

21 — Petit cartel d'alcôve en bronze ciselé et doré à motifs de nœud de ruban, rocailles, fleurettes, le cadran marqué CHARLES BALTAZAR à Paris. Epoque Louis XV.

22 — Petit cartel d'alcôve en bronze ciselé et doré, couronné d'un vase enguirlandé et culot à feuillages, le cadran marqué F. DUBOIS à Paris. Epoque Louis XVI.

23 — Pendule en marbre blanc et bronze ciselé et doré, de la fin du XVIII<sup>e</sup> siècle. Elle est agrémentée d'un sujet : Vénus endormie lutinée par un amour; sur la base, frise de rinceaux, tore de laurier.

24 — Pendule en marbre blanc et bronze ciselé et doré, composée de deux figures allégoriques debout sur le socle, le mouvement renfermé dans une borne carrée et surmonté d'une sphère armillaire, socle orné d'une frise à jeux d'enfants en bas-relief et plaques à mille raies. Le cadran est marqué RIDEL à Paris. Fin du XVIII<sup>e</sup> siècle.

25 — Paire de candélabres à trois lumières faits chacun d'une chimère chinoise, en biscuit émaillé, monture en bronze ciselé, agrémentée de fleurettes en porcelaine.

26 — Paire de bras-appliques à trois lumières en bronze et cristaux. Disposés pour la lumière électrique.

27 — Deux petites appliques à deux lumières en porcelaine et bronze doré. Disposées pour l'éclairage électrique.

28 — Deux petites appliques à deux lumières en métal peint à décor de fleurettes.

29 — Paire de petits bras-appliques à deux lumières, faits de génies engaînés, en bronze doré.

30 — Lustre à neuf lumières en bronze argenté, garni de cristaux. Disposé pour l'éclairage électrique.

31 — Lustre en bronze et cristaux à huit lumières. Disposé pour l'éclairage électrique.

32 — Paire de bras-appliques à deux lumières en bronze doré, modèle à petits vases sur gaîne et branches feuillagées.

33 — Quatre lustres à quatre lumières en bronze argenté et cristaux de couleurs, pendeloques et grappes de raisins. Disposés pour la lumière électrique.

34 — Lustre à quatre lumières en bois sculpté peint à décor de guirlandes de lauriers. Disposé pour l'éclairage électrique.

35 — Lanterne d'antichambre en bronze garnie de cristaux. Genre Louis XVI.

36 — Petit plafonnier en matière translucide, monture en bronze.

37 — Plafonnier en matière translucide peinte, monture en bronze.

38 — Plafonnier en bois sculpté et matière translucide.

39 — Bouteille coupée en ancienne porcelaine de Chine, décorée en couleurs, montée en lampe électrique.

40 — Potiche en ancienne porcelaine de Chine, décorée en couleurs, montée en lampe électrique.

41 — Vase coupé en ancienne porcelaine de Chine, décor personnages en couleurs, monté en lampe électrique.

42 à 47 — Douze lampes électriques, faites de vases ou chimères en porcelaine céladon, biscuit, etc., montures en bronze.

Seront divisées.

48 — Paire de petits flambeaux en bronze ciselé et doré, à tige cannelée et base à godrons.

49 — Paire de petits flambeaux cassolettes en forme de vase à deux anses en bronze ciselé et doré.

50 — Paire de flambeaux en bronze gravé et argenté, décor à coquilles et arabesques.

51 — Deux flambeaux de jeux à deux lumières en bronze gravé.

52 — Paire de petits flambeaux en argent anglais.

53 — Paire de flambeaux en argent.

54 — Petite pièce de surtout, de forme ovale, mouvementée, composée d'une statuette et deux cygnes en porcelaine, sur un fond de glace, monture en bronze.

55 — Paire de chenets en fer et cuivre, à balustres et boules.

# SIÈGES

56 — Petit fauteuil en bois mouluré, sculpté et ciré. Epoque Louis XVI, garniture de damas rouge.

57 — Fauteuil en bois mouluré, sculpté et ciré. Epoque Louis XVI ; garni de soie brochée à rayures et fleurettes.

58 — Bergère à dossier arrondi en bois mouluré ciré. Epoque Louis XVI ; garnie de soie brochée bleue.

59 — Fauteuil en bois sculpté, mouluré, ciré. Epoque Louis XVI ; garnie de même soie.

60 — Bergère en bois sculpté ciré à colonnettes et balustres, en partie de l'époque Louis XVI, recouverte d'ancienne soie bleue brochée.

61 — Petit fauteuil en bois sculpté, ciré. Epoque Louis XVI ; recouvert de même étoffe.

62 — Grande bergère à joues, en bois sculpté doré, garnie de velours rouge. Genre Louis XVI.

63 — Quatre fauteuils et huit chaises en bois sculpté, mouluré, canné, décor de feuillages et coquilles ; parties anciennes et parties modernes. Munis de coussins mobiles en satin rouge.

64 — Six chaises en bois mouluré à dossiers ajourés à palmettes. Sièges garnis de damas vert.

65 — Deux fauteuils et six chaises en bois sculpté et ajouré. Style hollandais.

66 — Canapé et deux fauteuils confortables, garnis et munis de coussins en cuir.

# MEUBLES

67 — Table rectangulaire en bois sculpté. Genre Louis XIV.

68 — Commode en bois de placage à trois rangées de tiroirs, cannelures garnies de cuivre. Epoque Régence ; garniture de bronzes, dessus de marbre.

69 — Secrétaire droit en bois de placage ; il ouvre à abattant deux portes et un tiroir, dessus de marbre Epoque Louis XV.

70 — Petite table rectangulaire en bois de placage, sur pieds cambrés, réunis par une tablette d'entrejambes. Elle est munie de deux tiroirs de face et d'un tiroir sur un côté, dessus de marbre brêche. Epoque Louis XV.

71 — Petite commode de forme mouvementée sur pieds élevés, à deux rangs de tiroirs, en marqueterie de bois de couleurs à fleurs, estampille de F. GARRÉE, dessus de marbre. Epoque Louis XV.

72 — Commode en bois de placage à deux rangs de tiroirs sur pieds élevés. Epoque Louis XV, garniture de bronze, dessus de marbre.

73 — Petite table servante en bois clair canné. Genre Louis XV.

74 — Bureau à cylindre en acajou muni de tiroirs, dessus de marbre blanc, ceinturé d'une galerie ajourée en cuivre. Epoque Louis XVI.

75 — Secrétaire formant chiffonnier en bois de placage, il ouvre à abattant et six tiroirs. dessus de marbre. Epoque Louis XVI.

76 — Petite table-tricoteuse en acajou et moulures en cuivre. Epoque Louis XVI.

77 — Table-bouillotte en acajou à quatre pieds fuselés et cannelés. Epoque Louis XVI.

78 — Bibliothèque en acajou et bois de rose, ouvrant à deux portes grillagées, garnie de bronze. Genre Louis XVI.

79 — Bureau plat en bois de placage ; il repose sur quatre pie s carrés en gaines et est muni de trois tiroirs. Genre Louis XVI.

80 — Table-bureau en bois de placage, munie de tiroirs et garnie de bronzes. Genre Louis XVI.

81 — Trumeau à décor de guirlandes, orné d'une peinture. genre Louis XVI.

82 — Trumeau en bois sculpté peint et doré, orné d'une peinture présentant l'Enlèvement de Proserpine. XVIII$^e$ siècle.

83 — Table rectangulaire sur pieds cambrés, en bois de placage, ouvrant à tiroirs, garnie de bronzes, dessus de marbre brèche.

84 — Console en bois sculpté peint blanc. à décor de nœuds de ruban, dessus de marbre.

85 — Buffet à hauteur d'appui à coins arrondis, plaqué d'acajou, moulures de cuivre. Il ouvre à quatre portes et quatre tiroirs, dessus de marbre blanc.

86 — Table de salle à manger ovale, en chêne sculpté.

87 — Meuble d'entre-deux en acajou mouluré, ouvrant à deux portes grillagées.

88 — Buffet breton en bois sculpté.

89 — Bureau en bois de placage garni de bronzes.

90 — Bureau plat.

# TAPISSERIE — ÉTOFFES

## TAPIS D'ORIENT

91 — Ancienne tapisserie d'Aubusson, verdure avec monuments en ruines, oiseaux. Bordure d'encadrement sur trois côtés, rinceaux de fleurs, volatiles.

Haut. : 2ᵐ20 ; Larg. : 3ᵐ55.

92-93 — Deux tapis de table, l'un en damas vert, l'autre en brocatelle.

94 — Tapis d'Orient à fond rouge, bordure fond bleu, dessins multicolores.

95 à 109 — Quinze carpettes d'Orient.

Seront divisées.

# AVIS

La vente sera continuée lundi 11 mars à 2 heures dans la salle nº 13 de l'Hôtel des Ventes, et comprendra :

Les meubles courants, lits cuivre et fer, bureau américain, argenterie, quelques bijoux, vaisselle, verrerie, uste. siles, linge, literie, objets divers ainsi que les **Vins**.

Environ 1.500 bouteilles.

**Champagne** Boucher, Heidsieck.

**Vins du Rhin** : Berncastler, Rosenberg, Ebernberger Riesling, Deidesheimer Hohe, Müdener Funckenburger.

**Bordeaux et Bourgognes** : Brane Cantenac, Mouton-Rothschild, Château-Margaux, etc.

Vins blanc et rouges ordinaires.

Et dans la Cour de l'Hôtel des Ventes :

2 automobiles de Delahaye double phaéton et coupé.

* 9 7 8 2 3 2 9 4 3 3 0 7 3 *